VISIONARY POEMS (*Astronaut 3*)

Poetry 6
Keiji Matsumoto
Selection
6 / 9

Koshisha

電波詩集

電波詩集　目次

電波詩集

1　マックを持ち帰る

黄色い猿と黒の猿が並んで立っていた
もうすぐこの坂道の上から太陽が転がり堕ちて来る
腐ってずわずわになった重機械群
プラスチックの病院と爆弾
黄色い猿が蛇を吐きながら呪いジャンプを始めた
黒い猿は赤い眼球を突出させる
ダールメーシアーンと白い子供達は歌う
二重に描かれた地図の激しい等高線
突き落とされた崖の途中でかなりの大きさの土蜘蛛を見た
ふたくびのトカゲ
ひっくり返ったナマズどもの白い腹

何千匹何万匹もの腹
腹のうなり音
あれが苦しみなのだ
うーんっ
落雷を待つ鉄塔の足元で二匹の猿が太陽を食べあっていた
マクドナルド最終店

2　俊太郎転倒する

車という車が縦に突き刺さった平原
大きな左腕をした人間の子供のシオマネキがささと散って行く
誰にも読めない文字がピンクのネオンで浮かびあがる
ジェル状の魚たちがゆっくりと浮かびあがる
ウカビアガル
たらい回しにされた難病者
歯のない少女
愕然とする天文学者とその弟子たち
タンバリンを車輪にした自転車が見える
タンバリンを車輪にした自転車を必死で漕ぐ母のような人たち
「雪道はこれにかぎる」と口々に言う

雪のない雪道
プクラという名の犬が脳のような膣のような壁面に押しつぶされていく
「画鋲を撒け」という声
暗黒星雲への逃げ込みが現実的なものとなる
らっぱらっぱぱった
ぱっぱらったぱった

3　ビデオトロンの不可解な命令

罪人の美しい列がぴょんぴょん跳ねる
ベージュ一色の沈黙体が後を追う
ツープラトン攻撃とは何か
蝶々の羽を次々にもぎっていく大男の背中
背中の内爆発
「ラアー」という従属音がメガヘルツを渡る
傾きすぎた姿勢に苦しむサーカス像
その背中にも蝶々がたかる
美しい列が美しいまま乱れる時
救世主ビデオトロンがあらわれるだろう
肩ロースの男とビラまき男が祝福するだろう

ゲマイネと鳴く鳥
鴇たち
オウムたち
ジョンキーユたち
空間の鬼たちに告げよう
あ、
あ、
あ、
あ、
口を開けずに言ってみたまえ

4　志村よ、ボケっとするな

ようこそ残酷室の図面に
ようこそ疾走する結晶欠片に
焼肉のタレを垂らすゲバラの口ひげに
もう誰も淋しがらない夕暮れのブランコトマホーク
雑談で締めくくる憐憫生涯
チャンバラや脱北ピクニック
粘着生物のヘドロな集合
流し台に澱む花嫁の白のきたない詰まりもの
さあ終った終った
ようこそミトコンドリア先生
ようこそアブドラ・ザ・ブッチャーの晩年

大日本語がゴングをならす
チョロQに乗った宇宙飛行士たちが九段下まで降りて来る
胎児がうろうろする
銀色のタライが空から降る
「ドリフのようだ！」
むごいビル
むごい駅前広場
さあ終り

5　クラムボンに告ぐ

ライ麦畑をゆうゆう渡って行くトトロ
締められる戸のばったん音が私を振り返らせようとしている
前髪なのかバルコンなのかそんな高台に詩学連盟のグルたちはおり
電線軍団の歌ダンスを飽きもせず眺めている
歌ダンスは花巻やクモ膜下から来たのだ
サザンカの咲く水道を歩いて
親兄弟の錯乱をぬって
「さあ着いたぞ、これがリビングだ」
かぷかぷ笑うとは何事なのか
脳には脳で君たちとはべつに祝福を受ける権利がある
クビチョンパで遊んだ学生時代

ツタノからマルチャペルで
そうか、マルチャペルという名前の幽霊が世田谷で慟哭しているのだな
ああ太陽全体がぐるぐるとまわる!
さようなら
あめゆじゅ屯田兵
おらおらでひとりでピグモン

6　小冊子を腕に巻く異様婦人

神様はそんなに偉いのか
馬の肛門から生まれた小さな魂が浄水器にぶちあたる
「お札をおさめに参ります」と言う
ターミナルとテクストは親戚だったはず
クルミ状の受胎卵子破壊
あるいは手も足もある何かがステンレスの流し台を流れる
ターミナルとテクストとステンレス
十五人のアトピー少女の子宮内面が肥大化していくその彼方
生き霊にも劣るつぶつぶの忘れ形見に記憶を蹂躙されて
深い傷を負った袋がむずむずしている
神様はそんなに偉いのか

ベルベットの地下世界で人類がふたたび目覚めるとき
桃太郎は零下の魂を股にぶら下げて凍えよ
教室から遠離る巻尺のクルクルの果てに一人の異様婦人が立っている
不在の太郎を眠らせろ
次郎、はよ寝ろよ鬱陶しい
ガッチャン
太郎のお腹にTVが、次郎のお腹にTV

7　アルトオ、僕はね

「おい君拉致、何をしているのかね？」
「僕拉致ここでケンケンパしてるんです」
ああ淋しいファンタちょうだい
残酷校長に追い出された詩人アルカイダの末裔が脳に来る
おまえにタマユラユラの秘儀を伝授してやろうと言う
「エノキでいいです僕は」
ああ公園トイレは無限駅のようだな
ああミゼットという名前の霊柩車に押し込められて
クラウディア・カルディナーレの仮想身体がやって来る
それってパスタかも知れない
映画から帰ってくるカフカ淋し

または力道山淋し
キンキンやケロンパも淋し
もうこうなったらズッコロ橋を渡るしかない
海峡の鼻毛を抜くのだよ
右から左へ
「君拉致はやくおうちに帰りなさい」
「でも僕拉致ずっとジャイケンしてるんです」
そうこうしているうちに三味線商人が子猫らを捕まえに来た

8　プロキノ全史

大衆大団交を経たのち
指導者の一部はマスターキーを抜き取ったまま文学に消えた
路頭に迷う宇宙猿人の末裔たち
おれは皇居オホリバタ山道の砲台跡に寝転んでその行方を思った
四谷はテニスコートに占領され
飯田橋は消滅した
神保町では精液が垂れ続け
日比谷が大活字で連呼されていた
いつも赤いぞ
おれは反省していた
なぜ反省していたのだろう

文学のピノキオたちが夜を作った
アリンコという名前の喫茶店で人民の子供は夜を呪った
よみがえる塔に肛門を突き刺されて
マニフェストを書く極限の猿
「わたしのドンと呼ばせてください」
一瞬の代々木が連続する
薄桃色の多幸
止まらない下痢のチュルリラ

9　実用ミャオ語入門序文

ミャオ語はミャオ族の言葉です
日本古代族と似ているのでミャオ族は注目されます
平均身長は一五五センチでちっちゃいですが
日本族にも同じぐらいちっちゃい人がいるように思い出されます
物の考え方もそっくりだと言われます
ミャオ族もつい最近まで「歌垣」をしました
若い男女が恋の一夜を過ごす風習のようです
「ｋａｇａｉ」といいます
日本語やミャオ語はフィンランド語にたいへん似ています
音が似ていると思って発見しました
大きな喜びでした

それから二〇年が過ぎました
とても注目されるのでたいへん研究しています
ミャオには文字はなかったと思います
古代のエジプトやシナやイラキューには文字がありましたが
日本にも文字はなかったと思います
では入門を始めます
ローマ字で書きますので
書いた通りに読めばよろしい

10　昭和詩集

足が止まったところで考えればいいじゃないか、さあ、行こうよ
枯れた井戸を覗き込んでいたら眼が破裂したんだ
この部屋にカーテンはいらないよ、あんなに緑が見えるんだもの
雨フレバタマシイか
処女ゲバの薄っぺらな棒がぼくの眼を突いたんだ
アイヒマンって知ってる？　エスパマンってどんなの？
家にいたら駅のことばかり思うんだ、ねえ、駅前は海だったろう
ねえ、「浮いて来い」ってドンブラコの神様が言ったろう
ぼくは急にお腹が悲しくなるんだ
雨フレバタマシイ……
うん、それがぼくの家だからここでずっと破裂しているから

でも行こうよ、行ってみようよ、お金のことはなんとかなるから
あったかい何か字が書きたいみたい
珈琲みたいな、あったかい字が書きたいみたい
黒かった、四角かった何か収容体ドロンパ
鼻血で書かれた「あこがれ以後」
嘘ついたら針千本のトーマス
光るトーシバが回転しながら降りて来たんだ、ほら、あの空だよ
夜の透明はいつも戦争を待ってるんだな
自分の親に殺される方がまだいいから、どこにも行かないぼくは

11　日本語は没落する崩落する

戦後シルクロード幻の黄色い本
残虐に舞う文化の臨界生活とその言説
非時と流れ者のブルースと柔らかい土を踏んで
東京へ行くなサンチョ・クラブ
パン屋再襲撃
わが隷書
僕はランチに出かけるポワン区にてヒトラーは語る
シアヌーク回想録ゲバラ日記
教育劇集アンチ・ロマン集
ゴヤのファースト・ネームは地名へ帰れ
遅れて来たアントニオ・ダス・モルテスは意味という病を噛む

彼女自身によるマーティン・ピピンが絵空ごとを探検する
燃え上がるアジア・アフリカ・ハンドブック
博物誌の鳥から1ダースのバモイドオキ神がこぼれる
約束された場所で消えるどろろと百鬼丸
大括弧の周辺
出エジプ
ト
中、小、壺、野、熊、井、重、秀、繁、治、雄、治
続スピノザ全集と曖昧な水など
僕は詩を書いていいですか

12　人間もともと億万長者である

私たちは無限人について語り合った
語り合う限りにおいて無限人は実在していた
私は金輪際マルクス主義には責任を取らないだろうし
力闘的空間のなかで一本の煙草をせびるような真似はしたくない
限界を認めない思想は危険で楽しいが幼稚であるから
私たちの闘争が男の子の喧嘩の域を超えることはなかった
心底「なさけねえなあ」と自らに吐き棄てたとき人はようやく一人前になる
否応なく引き受けるしかない多額の負債に気付くのだ
つまり私とは私以外の何者か小さき者、無力な者の保証人以外ではない
そのうえ私とはつねに「ここから出て行け！」と告げられている者なのだ
胎内から学園から郷里から追放されて「私」は一人になった

私は帰属する場をすでに持たないが
動物の本能として私以外の何者か小さき者、無力な者を帰属させる場を作るだろう
だがそれは一時的な「囲い」に過ぎない
彼らもまた「ここから出て行け！」という声を聞いているのだ
足首に重力をぶら下げたまま眠っているのだ
君たちは無限人でありえるかも知れないし
今はそれを私自身の名前でもって保証してみるが
いずれにせよこうした不慣な物語は時間に壊されるものだ
「大五郎！」
「チャン！」
死して屍拾う者なし、死して屍拾う者なし

13　一年の孤独

親愛なるテオ僕はきみの部屋で何度もまぼろしを見た
それは部屋のすみにうずくまっていたこともあるしベットの下に隠れていたこともある
からっぽのバスタブのなかで僕を待ち伏せしていたことも
ジャバラの蓋が少しめくれていて
その隙き間から僕をじっと睨みつけていたんだ
親愛なるテオそれは幼い頃のひどく虐められていたきみの姿をしていたし
凶暴な野犬の姿をしていたこともあるし形になっていない黒い影
のこともあったし目、つまり眼球だけのこともあったんだよ
ほらモクモクレンって妖怪がいたろう、そんなのが壁やカーテンに張り付いていたんだ
親愛なるテオそいつらはぜんぶきみの生霊なんだ
きみはきみ自身の生霊といっしょに暮らしていたのさきみ自身の生霊に呪われてさ

そしてきみの部屋はとても臭かったよ
生き物が腐ったにおいがしていたよ
ああ僕は決して口にはすまいと思っていたことを言ってしまった
きみの精神の病気がいつまでたっても恢復しないから
僕はつまらないんだ
親愛なるテオきみの主治医はきっとヤブだ
それにきっときみは何も本当のことを話していないのだろうね
その主治医が言うのさきみがこんなふうになってしまったのはおまえのせいだって
何もかもおまえが悪いんだって
ほんとかな

14　詩人と打ったら〝どじょん〟になる

真剣などじょんは
言語や形式について実験するように
光についても様々な試みをする
そのためにかなりの時間を費やすのがふつうである
私もまた他の優秀などじょんと同様
若いころは光の散乱している曇天を好んで書いた
そして、その光の描写をマスターしてから
こんどは明暗のコントラストの強い風景へと移っていった
光の特定の面を集中して勉強することはどじょんにとってきわめて有益なのだ
光を〝見る〟ということが学習できる
陰影や反射、光の種類や光源そのものが構図の中心となり

物体はどちらかと言えば副次的な要素となるだろう
どじょんはついに光の使い手となるのである
ジョージ・イーストマンが孤独な自殺を遂げたとき
私は卓上の白い紙を長い時間見つめていた
それは全世界だった
電燈が私の太陽だった
コニー・アイランドが雪にうまっていく
コニー・アイランドが夜をとりもどしていく

15　諸世紀

フィンセントはちんちんの病気で苦しみ
フィンセントの子供たちはみんな鼻くそを食べている
怪鳥ロプロスは七羽もいてそのうちの一羽が靖国神社を縄張りにしている
地上にはまだ三人のミカエルが生き残っているが
三人が三人とも電器屋をしてるというのが不安の種である
「心が、すさんでいる、ウサギが、どこかにまぎれている感じがする」
そしてフィンセントは電話をするであろう
無言で、無言で、「心がすさんでいるウサギ」が、どこかにまぎれているのだろう
坂道の途中にはパナウェーブの神様がいるからね
そして神様はだいたいエロスが好きだからね
体液が好きだから

フィンセントの深夜の子供たちはみんな四つん這い
天体からやってくる永遠の力がちんちんを滅ぼす
女の人は貝殻の上でいつもじゅるじゅるになっている
それが神様の欲望で
欲望はきっと海の果ての砂漠が生み出したもの
ミカエルの一人は35ミリの「ミノルタ」を持って塔に登っていった
「それらのすべてが起きている街」にお告げを告げるつもりだ
テクマクマヤコン、テクマクマヤコン
早く夜になれ

16　歴史ロマン日本伝説の旅キリスト篇

俺の家系は讃岐の出で、うどんと溜め池と密教をこよなく愛するがゆえに多くの若い女の自殺者を生んだ。父は土建屋ジプシーとして日本列島を渡り歩いたのち、この「蜘蛛の巣のように張り巡らされた不幸」が自分の力ではどうしようもないことを悟り、ゴルフ場の造成工事現場で絶望した。母はスズキ・ジムニーに絶望した父を乗せて夜の埠頭へ走り、そのまま伊勢湾に突っ込もうとしたが、コンビナートから巨大なイエス・キリストの手が伸びて来て目の前に立ち塞がった。こうして一命を取り留めた父と母は「ツチノコを食べたことがある」という飯炊き老女なっちゃんの話を思い出し、なっちゃんがツチノコを食べたという尾鷲山中までジムニーを走らせたのだった。尾鷲にはなっちゃんが「モクレン先生」と呼んだ詩人がおり、ツチノコ伝説界では泣く子も黙る超有名人ということである。モクレン先生に会うために母はジムニーのなかで必死に詩を書こうとしたが、ハンドル操作を誤って崖下に墜落して死んだ。ぐちゃぐちゃになったジムニーと父母の死体の傍らには、モクレン先生に捧げるために母が書いた詩のはしり書きが落ちていたという。それはガソリンスタンドの領収書の裏に書かれていた。

私たちの廃色の森にはウジが湧いています
たくさんのウジが時速80キロで走っているのを感じます

それを読んだモクレン先生は「イエス・キリストがなんぼのもんじゃい。わしはノー・キリストじゃ」と言ったきり黙ってしまった。モクレン先生は感動したのだろうか。モクレン先生の詩は人を感動させたことがあっただろうか。俺は思う。たぶんモクレン先生は単に「世の中そんなに甘くない」と言いたかっただけなのだろう。そうやって人類は存在の恐怖の本質をいつだって遠ざけて来たのだし、わけのわからん念仏を唱えながら麺類をするのだ。

17　トロールの谷の一瞬

増え続けていたブックが止まった
運動なんてない、ぜんぶインチキだ
ねえムーミン僕は最近黒い犬（ブラクド）の夢ばかり見るんだよ
物（モンロー）が動いて見えるというのは凄いことだな
本当はそんなことありえないのにな
指（ニョロ²）を裂いたら何が出て来ると思う？
何も出て来ないよ字（ィ）が消えるだけ
字（ィ）が消えるだけ
「死んだらどうなるの？」ってみんなが聞いてくるから
僕は消えるだけだと言ったんだ
ねえムーミンそうだろ？

消えなかったら世界中が鳥の死骸だらけだろ?
ブックは僕の頭(ゲロ)のなかを知りたがっているようだけど
そんなもの無いと言ったんだ
それで止まった
僕はその瞬間(K点)がはっきりとわかったよ
印刷された字(ィ)が僕のからだから逃げ出して行く
ブラクドがしきりになめまわす
僕は今どんな顔をしてる?
おいムーミン
スナフキンって嫌なやつだな

18　古事記

人体はブワンとしており
目、耳、口の三位一体（猿）はそこからかけ離れている
頭部が常に人体の中心線の少し後ろか前に意識される所以である
高天原が人体の頭部を意味していたことは世界の巨人死体化生神話を見れば知られる
コメカミとは外部入力の端子であり
そこから信号を導いて遠い膝小僧に指令を出すには
手紙を書いて切手を貼って送るような手続きが必要となる
覚醒剤と惰眠とを往復しているうちに
科学の宝と神話がチャンコになって
日本列島が
ブワンとなる

孤独な鼻（ニョッキ物）はそれを瞬間的全体的に嗅ぐ
地球は渇いていてずっと丸めていないとすぐにバラバラになるだろう
地球をだんごのように丸めている手が宇宙にはあるのだろう
そう思っていないと気が狂いそうだ
最下部の熊（女陰）に呪縛されて埋もれてしまうか
それとも最上部に昇ってサンダーバードと化して天翔るか
さあそれはあなた次第だ
自己のレトルト（子宮）を解凍することだ
神様はいるぞ
おまえの顔面にいるぞ

19　after war benjamin

watakuu「C」の方舟に乗りたいのなら
迫害弾道ミサイルで突っ込んで来てくれたまえ
いま何時だと思っているんだ
パチンコ梁山泊の残党から手紙が来て「逃げられると思うな」と書いてあった
ドツボを感染（ウツ）しに来るやつは必ずいる
プラテーロもラスカルもパトラッシュもドツボを感染（鬱）された
watakuu「C」の予言を聞きたいのならいつでも百葉箱のなかに来てくれたまえ
お化けのポストに手紙を入れてくれたまえ
それとも命令が聞きたいのなら
覚悟しておくことだ
君たちが待ち望んでいた素敵な殺戮命令を下してやる

許してやる人間だもの
戦後はないよ人間だもの
何人殺し虫て虫も殺し虫た虫り虫ない
戦後はない
電柱をみたらどうかwataku「C」を思い出してくれ
頭から地面に突き刺さっているからよ
ああ猫バスの顔が「非」に見える
電線をわたって行く
頭のなかが割れるように痒い
ベンジャミン伊東に会ったらどうか伝えて欲しい
「謎のドイツ人が君の名を騙って世界文学をゴロついている」と

20 年譜（1）

1965 花は赤い
1966 眼。縦長の
1967 燃えないゴミ。音／カランコロン
1968 夢で「青い車」を見た者は死ぬ
1969 チュンと呼ばれる。すずめに似ているということ
1970 チュンキーと呼ばれる
1971 草、新聞に火を放つ
1972 霊が見える
1973 橋、あるいは線が見える
1974 聞こえる／聞いたことのない奇妙なサイレン
1975 門は黒い。黒い男

1976　ちょっと力むと肛門から下痢
1977　溶けかかった水鳥がいっぱい群がって来る
1978　別の花、別の赤
1979　髪。テクノと呼ばれる
1980　じゅる耳からへビ連結が出る
1981　地下鉄は見えない急カーブを曲がって東エデン駅に入って行く
1982　家のなかで母と文通をする
1983　鉄筋を組む。ハイウェイをつくる
1984　光を臍に集める
1985　家を出る

21　キミガーヨは

雨には内臓がある
国は嫌いだ、その口のあるジヅラが
ドシャブリと書いたら何か死ぬか
私は雨文学のなか子供二人を収容所に連れて行き
びしょぬれになって帰って来て
それから詩（ィ）を書こうとして
じっとしている
抒情雨（ゥ）の音が聞こえる
木々が大あくびをしている腐れよ
誰かと誰かの親し気な糸電話のようだのようだ腐れ
私は関係ない

何か死ね
心臓はボランティアのようだようだな
ジョジョ雨（ゥ）が国土計画、人身売買、サザレ石のイワオに突き刺さる
全体絶対を何度でも傷つける
コケのムースまで
痛みは無い
心臓は
ボランティアだろ
まったくあてにならない

22　東京二十歳

畳の煮汁部屋
前住者が残したヤニカーテン
軟禁冷蔵庫に14インチのプラスチックＴＶ
ユメビデオ
暗いワープロ記憶装置なし
真四角の万能コタツ机、万能電気スタンド
無能スチールラック、無能スチールベッドねむれへむ
全能段ボール、全能ゴミ袋燃えるなにもかも
私鉄の音うるさくない
夜工事の音うるさくない
隣室の中国人の音うるさい！

自分が出すラップ現象うるさい！
蛇口のせせらぎ
非情電話
でんぐりがえったアッラーム時計殺意
駅までの距離と迷宮
銭湯までの距離と迷宮と夜風
コンビニ、アルバイト情報、通帳残高
女との会話の封殺記憶と偉大なる古本と映画と
南幻滅と北絶望とファンシー灰皿と
興奮と胃痛と焦燥と
天才天才天才

23　ボブソング

ビート、ビースト、ボブサップ（ヘイ！）かぶと虫より黒光り
打ち合わせではピューリタン（バット！）リングの上ではピューータリン
魔太郎の恋は一切ないぜー（イエーイエーイエー）
結婚したからよー（ビーエイブルトゥー）
（エニウェイ！）日本の金は使えねえー
（イエス！）変なおっさんのおおおー（ロンキチ！）
顔があるからよおおおー（爆発！）
ズンドコズンドコドゥー、トカトントン
ズンドコズンドコドゥー、トカトントン
焼そば、ＵＦＯ、ボブサップ（ヘイ！）からしマヨネーズー
だいたいおまえは何者だ（インテリ！）疲れるだけだろへモグロビン

魔太郎の恋はー陰気だぜー（イエーイエーイエー）
文学的だしよー（ルックフォワァードトゥー）
（エニウェイ！）・ウラミハラサデオクベキカァー
（イエス！）ウラミハラサデエー（ちょこざいな！）
オクベキカアアアアー（なをなのれ！）
ズンドコズンドコドゥー、モンチッチ
ズンドコズンドコドゥー、ポンキッキ
ズンドコズンドコドゥー、これでいいのだ
ズンドコズンドコドゥー、死刑！

24　視界上のラメリカ

意味の黒ヒョウが横たわっている
「あいつを踏め」と指図している男がいる
沼男だ
ホルマリン男だ
新聞紙を丸めている女がいる
「飛礫」を作っているつもりなのか
たぶんＯＬだ
ビル女だ
しきりに「ブエノスアイレス」と呟いている
そのように聞こえる口の動きがそう見える
「弁当ないです」かも知れない

空は空で子供ジェットが百匹ぐらい飛んでいる
「ラメリカ！」と叫ぶ沼男
「ラットル、ラットル」と頷くビル女
あたりいちめんにトゲサザリの実が散乱している
だけんど二人はその異様を見ない
もっぱら意味の黒ヒョウが目障りなのだ
どげんする？
座頭市にでもなって暗黒視界バ裂くか
時間もなかけん
えい、スイカ割りだ

25　ボン踊り、やる気無し

墓荒らしの一群と合流してみた
黒マニヨンの歌だった
「ラッセラー」とか言って子供達は跳ねる跳ねる
終末夢ジャンボ
笛吹きの恋
メガネ君
旧国鉄
ぜんぶ主題歌の世界に入ってみた
みんなTシャツを脱いで振り回し狂ってみた
ミドリのカナブンが眼にあたってみた
ふすま一枚隔てて黙ってる人のことは誰も考えない

誰か、気色の悪い人
「神います」のような人
「神いません」のような人が
黙って聞いている
紙の戸のバリア
そのうち何か文句を言ってくるだろう
おまえら戦争に行けと言うだろう
メガネ君に「メガネはずせ」と言うだろう
適当にがんばれメガネ君

26　スロー・ライフとは何か

瞳で泳ぐヒドラ
運命の輪、吊るされた男、塔、月、愚者
「トートの書」の一頁のなかで発情するオオカミ男、キツネ憑き
白くも黒くもない悪霊たちが
窓のないテスリのような境界線から投げ棄てる
血色の生キューピー
ミステリではない全部
いつまでたっても始らないボクンチの時間
手を引いて歩く商店街
ピッコピコのゲーセン音楽にどこまでも行き悩んで夕暮れ
余った時間をどう使ったらいいのか判らない

異様に疲労した子供たちが
最後の遊びを始める
さよならドッペル、さよならゲンガー
(何の声だろうか
(僕にはその声の主がわからない
鬚ではない毛が生えてきて
買ったばかりのケシゴムの真っちろい腹を
憎しみだす
カッターナイフでスパっと裂く
建物が傾いて
死角が手招きをしている

27　シャブちゃん

パチスロ男
大敗して「みんなわしの金じゃあ！」
店で大暴れする
男は通称「シャブちゃん」
いったいどんな金で食っているのか
数々の奇行、虚言癖が災いして
「あいつシャブでもやっとんちゃうか」ということになり
今に至る
「シャブちゃんまた暴れとる」
「哀れやのお」
客も店員も知らん顔

シャブちゃん、きっと許されているのだろう
でもこんな敗者代表は嫌だ
「みんなわしの金じゃあッ!」
叫べよ
アフリカ段階
彼の叫びは今日の勝者の心にも響く、響きまくって笑えるが
それを言ったらおしまい
欲望がシラケル
エロチでポン

28　佐野ちんに捧げる

紙の奥をよおく覗き込んでごらん
柔らかそうなカーテンが風にふくらんでいるから
その裏側にはカーテンよりも薄っぺらな幽霊が立っていてとても美しいから
幽霊は、映像ですよ
だから美しい（と誰かがフランス語で言ったような気がする、耳のうしろでそっと
人間も映像になって紙の奥に行けたらいいのに（もう帰ってこなくていいよ
人間はどうして長細いのだろう（ミミズほどではないけどさ
「ミミズのうた」という8ミリ映画を撮った佐野ちんは、ピンク男優になって
ピンク監督になって、ミミズになろうとしている
本が四角いのはなぜだ（家も墓も四角いよ、カドッコが、恐い、何でだろ
みんな丸かったらどんなにか良かったのに（丸の凶暴？

好きなのはチンチンだけか（丸は凶暴だな
せめて声は、丸い方がいいですよ（うん、丸凶暴
紙の奥には丸い声が（でもたくさん詰まっているのはいやだな、葡萄みたいで
葡萄は、ちょっと恐いんだ
何かがうじゃうじゃ分裂していくから（で、字になる、字になって喋る
父は大きな玉をした葡萄を「ドクロ」と呼んでいた
「おう、ドクロくれえい」（恐かった、恐かったですよムラサキのタマシイの
カケラが、ポロポロのカケラが……
人生のふりをした時間がボクラを食べるでしょう？
嫌になっても生きて行くんだろ？

29　平面の虫

糸線、糸丸、この辺りに
どうやら物の怪の出発はある
知らなくてよい
平面は終りかけている
剝がれてゆく影は夜と同じ重さを感じて黒みを増す
やがて目の高さに黒鳥となって集う
黒鳥と見えたものは例えばヘドラのごときもので良い
中空に浮かんでくれるなら
脳の前面に対するなら
そこから光の性質をした触手が出る
見える、見える

糸線、糸丸
島
形とは最悪の把握のようである
手のひらに向って言え
指炎上の五本の火は幻想としてあるが
家族全滅も美しき創世記
だとして
リッチー、リッチー
ライオネル・リッチー

30　views

ビューだったビューだった
足は地面を押し、膝は地面から押されるのだった
ピストルの化石が地中で鳴った
マイトガイの化石が口笛を吹いていた
その膿と灰
ビールの泡しょんべんの泡
使い捨ての注射器と音楽
地球が丸いのはおまえの眼が丸いからだ
射精する自殺する
間違った森に入ろうとする
どろどろの緑、皮膚、森スペシャルがタイツ化する

ビューだビー玉だ
瞬間の鬼畜だ
指先には個々の指先を地形化する等高線がある
家の中で夢遊する恋人たち、無言で
一日中歩き続ける、その擂り鉢状をした円形の深い谷、そのV字
ぐるぐるぐるぐるドッカーン、見えるぞ
内面には粘膜がある
体液を垂らす
天下国家
きもわるいポメラニアンの瞳

31　残暑爆発

殺意が私を陽気にするだ
メラン・コリンの狐が英雄を生むだ
優位の虫ゲジゲジだ
ゲジゲジゲジゲジと言ってみろ
脇の下がもぞもぞする飛行機が落ちるだ
人妻お岩さんを抱きてぇ
いえもんどの、いえもんどの出張先で死にてぇ
もはや信じるに足る神様はマネキネコのみ
喝！
来いターミネーター
来いよアーノルド坊や

黒い生活圏に電話をかけろ
でんでんむしむし、でんでんむしむし
おまえらみんな書いてやる
背骨と線路を抜いてやる
嗚呼！
東海道中
危機が結晶するだ
何も問うな
刺青に刺青できるか、きみは！

32　バルバロイは君だ

なんにも無いなんにも無いまったくなんにも無い
正義がしたかったら、かっこいい仮面を探して来なさい
顔を隠してからやりなさい子供たち
匿名希望がいい
さかなはあぶったイカでいい
なんにも無いなんにも無いまったくなんにも無い
資本と国家への対抗運動がしたかったら、ふてくされなさい
ふてくされ仲間を見つけて、ふてくされ革命戦士になりなさい
ふてくされ宇宙戦士でもいい
おんなもあぶったイカでいい
なんにも無いなんにも無いまったくなんにも無い

リンチで殺されそうになったら、子供たち
分身しなさい、沖のカモメに
魂や思い出やダンチョネを沖のカモメたちに託しなさい
脳が壊れるまえに遠くへ逃がしてやりなさい
社会は「悲しむ」ということができません
お父さんは悲しいけれど言葉が見つかりません
なんにも無いなんにも無いまったくなんにも無い
バルバロイを探しています
殺しのできるバルバロイを、誰か紹介してください

33　ダツ、イナギ、ベーロン、エスタマ

指ねえさん、今度の戦争は面白いですな
女子アナが体験レポートしてますな
わしらの砂漠がプッチンプリンだったらどうする？
何が残るか
祈るな、祈るやつ死刑
本を読めよ
「みみず書房」の本を
ああプッチン脳が鼻から垂れて来る
わしは今日ケンケンして郵便局まで行ったじぇ
気絶しながらテレホンしたじぇ
指ねえさんに絶対に伝える

右には口がある
左には工場
夕方にはきっと死にたくなる
わしのチョキはどうしてグーに負けるんか
絶望的だよ全員集合
ダツ、イナギ、ベーロン、エスタマ、指ねえさん
誰が誰かもうわからない
とりあえずボンドでくっつけたらええか

34 エヴァー・ラスティング

女には爪がなかった。生まれつきだと言うが疑わしい。それなら足の爪も見せてみろと俺は言った。そこで記憶がなくなる。

そうだ。女は手袋をしていたのだ。手袋のまま俺に触ってきた。まるで手術をされているようだった。冷たい革の感触が不愉快だった。

手袋を外せと俺は言ったのだ。

女には爪がなかった。生まれつきだと言うが疑わしい。それなら足の爪も見せてみろと俺は言った。そこで記憶がなくなる。

指先が鋭く尖った黒い革の手袋。獣の匂いがした。女は手袋をしたまま俺の詩集の頁を捲っていた。紙と革が擦れる音。不愉快だった。

どうか手袋を外して欲しいと俺は言ったのだ。

女には爪がなかった。生まれつきだと言うが疑わしい。それなら足の爪も見せてみろと俺は言った。そこで記憶がなくなる。

過剰な潔癖症なのだろうと思った。そのあざとい表現の仕方が不愉快だった。何様を気取ってやがるんだと思った。

「おい、手袋外せよ」と俺は言った。

女には爪がなかった。寒気がした。これはヤバイ女だ。

「自分で剝がしたんだろ、それ」

「違う。生まれつきなのよ」

「嘘だろ。じゃあ足の爪も見せてみろよ」

記憶がなくなる。

あれは人間の指ではなかった。その一本一本が人間に寄生した別の生き物、くねくねした、にょろにょろ蠢く何かだった。悪魔だった。

「あたしには歯も生えなかった。生まれつきなのよ」

35 年譜（2）

1986 暗い。血を棄てる
1987 暗い。血に類似するものを棄て続けた
1988 暗い。青い土、青い土色の顔
1989 透明になっていくのではない、腐っていくのだ
1990 都市とは放置の場所である、と私には信じられていた
1991 具体的な殺意の年
1992 暗い。第一詩集刊行
1993 兄から車の運転を教わる。工都にて
1994 非破壊検査
1995 暗い。第二詩集刊行
1996 結婚。SAME PLAYER SHOOTS AGAIN

１９９７　女児「一葉」誕生
１９９８　ドバイに行く。WE CAN'T GO HOME AGAIN
１９９９　釘に打たれる
２０００　暗い。第三詩集刊行
２００１　男児「樹」誕生
２００２　スキー初挑戦。死す
２００３　アトランタに行く。死すべし
２００４　海、本、老い
２００５　ゴルドバに行くべし

36　世界中の私が

どうすればいいのだろう
世界中の私が詩の一行目で沈黙している
火を見つめている
犬を見つめ
消えて行く感熱紙上の詩篇
あるいはインクリボン上に刻まれた白ぬき文字
あの小さなカートリッジこそ私の映画ではなかったか
どうすればいいのだろう
世界中の私が記憶を失いかけている
視力を失いかけ
糖尿なのか

糖尿は英語でシュガー・ピスか
予言者たちは皆殺しだ
世界中の私が謎を手放す
そして矛盾を手に入れたのだ
いずれ新しい文盲の時代が来るだろう
「一億円」と書くことに「一億円」の価値を与えるべきだった
どうすればいいのか?
可能性の話なんて聞きたくもない
世界中の私がどうしてください
みんなひとつひとつの貌よ
どうしなさい

37　アングラ百万年

チカテツは
見えない電車
吐き出されたゾッキ男たち、見えない
地上へのジェイコブス・ラダーをのぼる
横歩きで
蟹の思い出？
そう、校庭で見つけた蟹のもう思い出せない
きみはどこから来たの？
誰んちのどぶに住んでるの？
蟹座男
見えないハサミ

嫌なことは何でもチョッキン、運命的に
泡を吹いて
罪のように断ち切られて
しゃがみ込む道端
穴がある！
無数の、世界大の、戦えない穴が！
toka-ton-ton
音が聴こえて
聴こえなくなるまで
時間を潰す

38　愛と誠２００４

「なぜ仕事をしない？」
「仕事が存在しないからです」

かっちょいい貧乏な不良青年マコトは
エエトコのお嬢さんの美少女アイに精液を流し込んで
まるまった世界を獲得したように錯覚し
音のしない口笛を必死で吹いて今日も
街ネズミどもを清掃しに行くが
行く先には誰もいない
救世主ビデオトロンが頭上から歌うように告げる
「言葉を持て」と

魔の山が自分のような精液を垂れ流すのをマコトは見た
白いポエジーが彼をレイプした
しかしどうしてここには誰もいないんだ？
カツアゲしたいのに
ジュースを買いたいのに
魚肉ソーセージを肛門に突き刺してやりたいのに
まあどうでもええか
みんなまぼろしだ
アイは自転車を立ち漕ぎして坂道を上って行く
この街で一番の長い坂道を
その足首の細いこと
「わたしをぼろぼろにしてくれる人募集」と顔に書いて
なにもかも振り切ってしまうつもりだ

39　野球少年は何度も爆発する

「死滅ヶ丘高校？」

「はい、中退です」

「それで、君はいったい何がしたいのかね？」

「研究です。博士っぽいことです」

鯖、鯖鯖、鯖もう世界じゅう鯖だらけだ！
きみの手のひらが痙攣しているのは何かを摑み損ねたからだ
手も足も顔もないミミズにだって意志ぐらいはあるのさ
きみも一度でいいから真夏のアスファルトの上で干涸びてみたまえ
脚光を浴びろ！
おれは猛烈に爆発したくなったぞ

おいそこのきみ、チョロQで遊んでいる場合じゃない
向こう側に行ってみないか？

向こう側には何かある
縫い目のある魂を打撃するようなグラウンドが！

物と物とが衝突し合う瞬間の破裂の王と脳とヒカリとピカリとピカチューと
ああ超黄色のスクールバスが爆発する！

ミミズのミッちゃんは問う「なぜわたしには顔がないの？」

「それはね、まだちっちゃいからだよ」

「でもパパだって顔がないよ」

「……」

「ねえどうして？」

「………」

「嘘ついたの？」

パパも爆発ドッカーン！

おれはエンタイトル２ベースみたいな権利が欲しいわけじゃないんだ
走って走って、何が何でも本塁ゲットしてやるからな

40　ヒューマンライフ

「ヒドラの研究？　何かねそれは？」

「必要な研究です。誰かがやらねばなりません。お金を下さい」

「ようするに遊ぶ金が欲しいんだろう？」

「一兆円ぐらい下さい」

ボクん名前はウキリアム・テロ
かぶと虫を左右のポケットに隠してんだ
右はＬＯＶＥ、左はＨＡＴＥ
１、２の３で同時に投げつける
ビュン！

終り

スポーツ新聞に皆殺しの詩を書くのが夢なんだ
神話になれるなら
TVになんか出れなくたっていい
ボクは五十一番目の音だ
終り
アトピーのかたまり、ボクは
あんたらのみだれ髪を掻きむしる匿名のマフィアだ
今日の獅子座の運勢はエメロンの極刑
痒いところはありませんか？
指つっこみますか？
終り
ボクん名前はウヰリアム・テロ
遺伝子の運び屋
絶望の助っ人
ママはキンチョールで整髪を仕上げる理容師
パパは競輪場の予想屋

41　メルカトルの錯乱

印字、印字、紙の上にのっかっているだけの印字、薄っぺら、消えるだけ
震えている目ン玉が震える、震える、震えている止まらない、寒い目ン玉が寒い
歩きながら俺は考えたもう何もすることがないのではないか書物大炎上の幻
何を書いてもしらける、しらけると書き、わらえて来る、嫌なわらいだ、百万年前から続く
「行為」とは何か考えている、考えることが「行為」だなんて嘘だお酒ください
書くことも「行為」ではないなと思えて来る、なりえないなと、やばい感じだ
いつもの調子だやっぱり何も続かない、何も続かない、続くべきではない
くだらない認識を綴るのは辛い、詩がせせらわらうがいっつもおまえはそれだけだった
せせらわらうだけ、つまらないやつだ、せせらわらうだけだ詩は、な？　そうだろ？
詩はついに「行為」とはならない俺が言う「行為」とは本当の「行為」とは自殺のことだ、
殺人のことだ、強姦とか、脅迫電話とか、そういうやつだ違うか？

俺に「行為」を求めたらそういうことになってしまうからな、おまえら、おい、
腐ったような詩集ばっかり送ってきやがってばかやろうお酒ください
書くことと震えることと書くことと震えること、豚の血と馬の精液でべったりした頁をめくると
影踏みの「せせら神」がさささーっと逃げて行くのが見えるだろう
グーで字が書けるかおまえは、チョキで書けるか？　パーで書けるか？
そういうことが試されているんだ無理なんだ、だいたい無いものねだりなんだよ
いつまでも遊んでいられると思うなよ現代ポエマーのみなさんお酒ください
むかつく全部嘘っぱちだ、俺は美少女になって思いっきりゲロを吐きたい
思いっきりメルヘンをやりたいドリームだ、無いものねだりだ詩的百万年
「絶対に不可能である」印字、印度、印字印度印度サノバビッチ消えるだけ

42　アラビー

アメリカではずっと退屈していた
何もすることがなかった、釣りだけした
釣れなかった一匹も、嫌いだあんな家はもう二度とごめんだ煙突がある
煙突がある家はごめんだ、煙突は遠くに眺めるものだ
遠くに、何本も、大きな煙突が空に
空に煙突が突き刺さっていたむかしの工都の
灰色風景を取り戻せたらそこに帰って殺されてもいい
戦車、火砲、国際平和維持テロゲリラ、他国による本土侵攻
中東のフジャイラの海は僕を歓迎してくれた
釣れたいっぱい魚が、ニモが
アラブはいいね、アラブはいいねと妻が言った砂漠があって夜がきれいで

ものすごく夜がきれいで音がしない音がしない写真みたいに
人が立っている細い人が立っている頭の小さな人がいっぱい魚がニモが
キンキラキンだね、キンキラキンだねと妻が言った
P3C哨戒機、日本全土、中央即応集団、りゅう弾砲九百門ほか
チオビタとかもくださいチオビタ
淋しい、大きな、とてちゅもない
とてちゅもないオットセイが口のなかに入ってくるそのクセエこと
アメリカではずっと退屈していた
リスを見ていた庭に棲んでいるリスを、庭がある
庭がある家は嫌いだ死んだ詩人がカメムシになって帰ってくる
口のなかにそのクセエのがいっぱい入ってくる

43　紙の娘

とうとう紙狂いになった娘は玩具など何一つ欲しがらず
欲しいのは手帖、ノート、画帳の類いで、罫線があろうがなかろうがどうでもよく
「紙物」を買い与えればぴょんぴょん跳ねて喜ぶ
もっと紙を
紙が足りない、紙、紙、紙
そして手当たり次第に書き散らす
覚えたてのひらがな
くねくねの文字のような
文字を
文字、文字、文字だ
紙に文字を刻む

引っ掻くという行為が楽しくて仕方ないのだ
いや楽しいだけではない、楽しいとか嬉しいというだけではない
感情ではない、もっともっと
もっと凄まじい欲望だ、どうしようもない欲望だ
目の前に紙がある
いつでも紙はあるはずだ、あるべきなのだ、紙が無いなんて許せない！
とにかく紙ありきだ
はい紙確保！
目の前に紙がある、まだ何も書かれていない、ああこのなんという歓び
さあ書け、さあ引っ掛け
早くよこせペン書いてやる線
絵、人間らしき絵、絵文字、文字、字、字、名前、名前、くねくねの名前！

44　あんま犬TV、首狩り犬TV

ヴィオレッタの肛門から魂が抜けて行く
高速ビンボー揺すりがちっとも止まらない
「わしの痔は伝染するぞ」とノゲイラ言い
女たちが魚屋で買ってきた福袋から腐った巨大蟹が出て来る
世界中のシャンデリアが落下を始める
不滅の詩を書くために僕は今日も一万円キャッシングしてしまった
盗撮で見る世界は美しい、そこには真実らしきものがある
そしてたいした意味が見出せそうにない
程度の低い虚構のために煙草を吸う
壮大な復讐劇のなかに身を置く
退屈が退屈を生み、不安だけが人々を突き動かす

誰かを殺したいと百回以上思ったことのない者は皆無であろう
そして僕は詩人になる
そうね、他人のふりをして平気で嘘をつくんだわ
胎内のようだ、眠れない胎内のようだ
運命線に爪が食い込んでいく、手のひらを壊すことができるか、自力で
具体的な殺意を鎮めるために書く
自殺するよりはマシという程度の踏ん張り
善意に対してゲリラ戦を仕掛ける
瞬間的に頭から毛布をかぶった
なかみが揺れている、大きく、ブウランコだ

45　マント男とバッタ君

★マント男

これはナマハゲがヒントになっています。「悪いごはいねがーっ!」と言って教室にやって来ます。「悪いご」を見つけるとマントの中に隠してしまいます。そして隠れ家に連れて行ってしまうのです。隠れ家には色とりどりの子供用マントがあり、マント男は「ママんとこさけえりだがったらマント一つ選べえ」と子供に言います。子供が「黄色」と言うと、「ならカボチャ残さで食べれえ」と言います。「緑」というと「んならキュウリさ残さで食べれえ」と言う。つまりマント男は食べ物の好き嫌い克服をターゲットにしたキャラクターです。

★バッタ君

ずうずうしいキャラクターです。彼は公園に住んでいます。虫を採りに来た子供たちの前にわざと登場します。わざと捕まえさせる。「わ、でっかいバッタ！」と、子供たちは大喜びです。ここからが大変。捕まえて家に持って帰ると、バッタ君の態度は豹変するわけです。やれ「ビデオが見たい」とか「咽が渇いた、ジュース買って来い」とか、やたら横柄な態度を取る。それで子供たちはうんざりして、とても面倒見切れないやと思って、また公園に逃がすという。つまり、親の立場になってみろという教育です。

46　クレヨンお化けとミミズ姫

★クレヨンお化け

子供たちはお絵書きが大好きですよね。でも最初の頃は滅茶苦茶な色使いをしてるものです。ところがある程度知恵がつくと、リンゴは赤、犬は茶色といったふうに、妙な固定観念に安住しようとする。青いリンゴもあれば黒い犬だっているわけじゃないですか。そこでクレヨンお化けが登場するわけです。クレヨンお化けは、子供たちが描いた絵を夜のあいだに塗り変えてしまいます。お日さまは青に、空はピンクに、なんかシャガールみたいではありませんか。これは「シュールに生きろ」というメッセージです。

★ミミズ姫

「どうしてミミズには顔がないの？」という娘の一言がヒントになりました。ミミズには顔どころか腕も脚もありませんよね。ミミズ姫は保育園に行きたい。行ってお友達と遊びたい。だけどミミズですから相手にされません。それで魔法使いになんとかしてくれとお願いします。魔法使いは言います。絶対バレない嘘をつけたら少しずつ人間にしてあげましょうと。上手に嘘をつくたびに腕が生えたり脚がついたり。まあ「どろろ」みたいなもんです。でも顔だけはなかなかクリアできない。人間はみんな嘘つきですが、嘘だけでは世の中やっていけないよという教訓です。

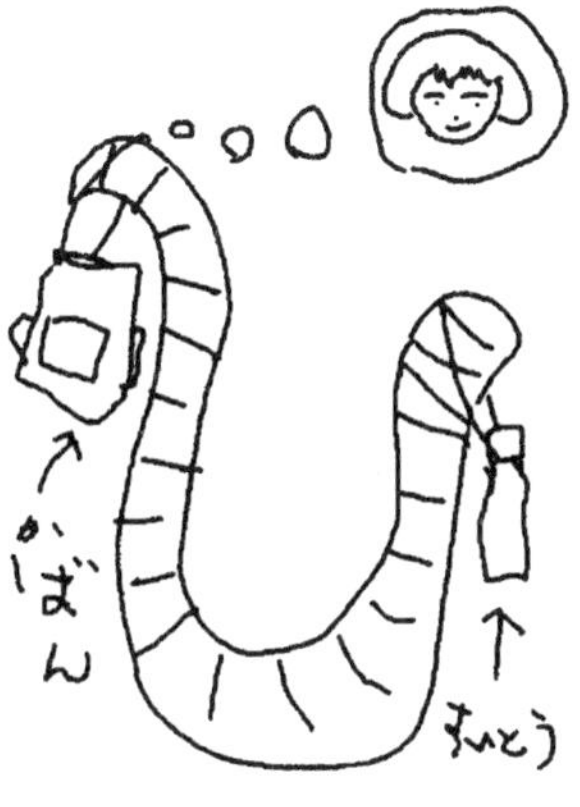

47　ニョロ助とカイカイ入道

★ニョロ助

子供たちは実はみんなヘビが好きですよね。好きなくせにちょっと抵抗します。その抵抗をくすぐるのがニョロ助です。キャラクターとしては「ハム太郎」のように愛らしい。でもヘビだ。その辺の微妙な認識のズレが子供たちを困惑させます。ニョロ助は仲間のチビヘビどもと「ニョロちゃんズ」という集団を作り、「ニョロニョロ地下ハウス」で幸せに遊び呆けています。ようするに全部「ハム太郎」のパクりだ。時々「ヒマワリの種」ならぬ「カエルの卵」を求めて冒険に出たりします。ちょっと面白そう。でもヘビはヘビです。ギリギリ許せるかどうか、子供たちは困惑しまくりです。

★カイカイ入道

あれはどういうわけなんでしょう。子供たちはやたらと虫に食われていますよね。子供の血というのはやっぱり新鮮果汁で美味しいのでしょうか。困るのが夜に寝かせ付ける時です。急に痒くなる。痒がる。そこでカイカイ入道が登場するわけです。カイカイ入道というのは、実際は親指の爪です。爪で痒いところをギューッとやる。子供たちはたぶん「イタ気持ちいい」のではないでしょうか。そう、ある種の快楽を与えてくれる存在がこの入道なのです。「ほうらカイカイ入道が来たぞー」と言うと、子供らは怖い怖いと言いながら痒いところをそっと差し出しています。たいした物語を伴わない実用キャラですが、結構活躍してくれます。

48　ふりかけ先生とテンシンちゃん

★ふりかけ先生

「ちょっと待ってくれよ、おい」というキャラクターです。「ゆかり」という有名なふりかけがありますよね。しそ味の。この先生はそいつを持って常に待機しています。そしてなんでもかんでも「ゆかり」をふりかけて来ます。特に甘いもの。子供たちは甘いもの好きでしょう。ご飯を食べずに甘いものばかり食べようとする。アイスクリームにプリン、菓子パン。そこに登場するわけです。「ゆかり」をふりかけて来る。「おいおい、ちょっと待てよ、違う違う！」。でもふりかけ先生は容赦しません。まったく迷惑な、でも先生だから邪険にできない、これは厄介な存在です。

★テンシンちゃん

天使のことです。いじわるなキャラクターからの攻撃に対して、子供たちが最後の拠り所とするのがこのキャラクター。これは私が考案したものではありません。子供たちが勝手に登場させたものです。だからテンシンちゃんが出てくると、大人が考えるようなお話はガタガタに崩れてしまいます。なんせ子供たちの唯一の切り札ですから、一撃必殺でみんなやられてしまう。オールマイティーなんです。相手は子供ですから、「ちょっと待てよ、おい」とも言えません。テンシンちゃんの得意技は「太鼓でバーン」です。どういう攻撃なのかさっぱりわかりません。

49　恋愛詩人

「人呼んで？」

「人呼ばないっすよ、自称っすよ」

「前歯溶けてるみたいだが？」

「頽廃の象徴っす。世紀末なもんで」

「世紀末って君何言ってんだ、もうとっくに終ってるだろう」

「いや自分はずっと世紀末のポリシーでやってんすよ」

「ポリシーって……まあ君も恋愛詩人なら歯医者ぐらい行ったらどうかね、みっともないよ」

「自分も敗者っすから、なんて」

「おい君、それじゃ駄洒落詩人じゃないか」

「あ、今の無し」

「君ねえ、恋愛詩をなめちゃいかんぞ」

「ぜんぜんなめてませんよぉ。めっちゃ真剣っす。恋愛詩のためなら死ねますもん」

「そんなねぇ、君、ハッタリはどうでもいいんだよ」

「ハッタリちゃいますよぉ!」

「ハッタリだろ!」

「いいえ、忍者、ハットリくんです! なんて」

「……もう帰りたまえ」

「合格っすか?」

「……」

「詩人合格っすか?」

「OK牧場!」

50　戦争される私たちのからだ

何もわからない
全身水浸しの怪獣が、電気を食べる怪獣と妖精が
ワルツで来る、ヴァルツを吐く
ピヨちゃんが告げる、告げない、何も
ただ黄色いだけ、全身黄色い
そして映画全滅会場に彗星が落ちて行く
映写機そのものになった映写技士のメガネから強烈ビームが！
俺にゼブラをくれ、しましまをくれ
そこから字ィが生まれるからよ
王様はなぜ子供の言葉で敗戦を告げるのか
ちんちんが痒い

戦争には、行かないことに決めた
ユビ君がおかしくなっている、震える、苛立っている
ライツ……
また夜が明けてゆく
潰された目のなかに島
人間はちんちんの絞りカスからできている
ショッカーが来る、全身黒タイツ男
何がありえるか
勃起する舌か
私は自分の意志でここに戻ったのでは無い
それだけははっきりと言える

51　袋の中委員会

全員が帰る家を失い、袋に入って行く
半透明の白い袋に、そして、やっと眠りにつく
ゲリラ、ゲラーリが入っているかも知れない、だが
眠りの王はゲラーリも眠らす
指を鳴らす男、煙草を吸う女、骨折した少年
彼らにはまだ名前がなく、これからもありえない
やがて指導部ができ、指導部は巨大白紙に巨大定規をあて
何本も何本も直線を引いた、新しい遊びなのか
それら直線は、国境であり海岸線であるというのだ
袋の中委員会は、あらゆる無自覚に対して
レット・イット・ビーすることを決議するが

そんな委員会の存在など、蛇も知らない、蛇のように知らない
イメルダのような夫人、マチルダのような女戦士が
夜の営業にでかけるのは自由だ、袋の中では
全員がゲロで、全員がゲロの中のキクラゲやエノキだ
人殺しもたくさん生きている
勉強している子供
泳ぐママン、泳いで行ってしまう君たちのママン…
脳の方へ何かを探しに行く青年、そして発表する、発表人
発表人は袋の中を代表して眠りの王に告げる
少し元気になったら、みんな光が欲しくなりました
こいつが最初の裏切り者だ！

52　ツララ体

依存者、生存者、死者
「音のしない木」を森の中で見つけるのは子供たちの仕事だ
お父さんにはもう無理だ
淋しい日が、家のなかにたまってゆく
人生のマシンが身体を包み込む
何を与えてくれるの?
終らない実験、暴力、ゲリラーマン
ジンマシンになる
夜にキーボードを叩く星人
愛のコリーダ、崩れる森、失える人間の穴モドキ、血モドキら
クサリ、クサリマン、クサリ菌ら

旅人はいつも木のそばに立っている、木と歩く、木が歩く
私はまだ誰とも出会っていない、誰も殺しに来ない
ハーゲンダッツ！
この一日をどうやって終らせればいいか
僕の夜の土方、ドカタさんがチョモランマで遭難している
ツララだ、ツララがいっぱい垂れている
折れて落ちる、空から
人間のツララ、
ツララ体が、
あらすじが降ってくる
ジャンケンで生死を決める

53　サリンジャー！

自由律って何？
尊厳って何？
指が抜けることに気が付く
小さな血管をぜんぶほじくり返して表に引っぱって来る
戦没が金になればいいいがどうか
思い出を作るためにうろちょろしている六本木クビチョンパ事件
子供たちのクビチョンパ事件は永久に続く
地下鉄イカリング事件、松本オニオンスライス事件
角っこが恐い
お日さまは少しも暖かくない
確認していこう、「あ」は口を大きくあける、思いっきりあける

さあ思いっきりあけろ！
朝になる
生涯の〆切りが来る
全身とは何だ？
抜けた指が勝手に飛び回る
まもなく、まもなく、白い人間と黒い人間が、黄色い人間どもを……
「しっかりしなさい、しっかりしなさい」とマチルダ大佐は言った
しっかりしなさいポエジ軍曹、これから私と地下活動をともにするのだから
私の作戦に入ってもらいます戦没君
誘導夢
君の胃の中に死体があるはずだ
サリンジャー！
サリンジャー！

54　ユビセルフ

おれは君の名を呼ぶ
君はおれの名を知らない
ユビセルフ、人のユビセルフ
おれは人に出会う、ということができなかった
二年も三年も
二年も三年も三年も、三年も四年も五年も六年も！
二千十万年夏休み、男子高生の三人に一人が言語障害に陥るであろう
母音を失った彼らは「小鳥のさえずり」を一斉に始めるであろう
ポエジーとエレジーとバンジーが破局的に衝突する川面で美しいものがすべて砕け散るであろう
思い出や思い出や思い出や隠し通した欲望が！

そしてテクストの時代が終わる
おれはカンブリアの魚に誘われるように穴に入って行った
その穴
世界市民がめいめいに打つ絶望的読点のなかに
全ての窓辺からカーテンが取り外された日、おれは一瞬の鳥バードの溜め息を聞いたよう
に思う
それはもはや若々しいものではなかった
誰もが老いる
腐る
軍艦軍艦破裂
破裂破裂沈没
沈没沈没軍艦

55　ユビセルフ 2

ユビセルフ、ユビセルフ
幻影がタクシーに乗って夜の都会をさまよう
命とかを分岐させることはできるか
樹、のように、のように
樹は歩くか
ユビセルフの森に迷い込むのは汚れた神経だ
タクシーは都会の街路樹を憎むか
蝉のように泣きわめいて
どうしようもない魂はいずれ雨に流され側溝におちて海に拾われ
クラゲたちの記憶に帰るしかない
人間は……

人間は標本だ、と今は思う
おい人間、書けよ
書いてみろよ
いいでしょういいでしょうクラゲさん
でも日付けのある文章なんて書かない金輪際
どうか忘れて下さい
ユビセルフ
ごめんなさい
魂とかいうものが判らないのです
そのイロハが

56　ツブツブ

この粒々このツブツブのつぶつぶ現実ぼくの視界の中心孔から外へむかって湧いてきては
放出されるツブツブは映像ではない残像ではない物質くん怪物くん、現実に感覚にツブツ
ブ、画、見えている、ということをぼくはどのように告げたらいいか知るか一生寄り目で
過ごすか白目のヤキザカナで過ごすか
それが「在る」ものなのかどうかさえ確かめる事はできない（子どもたちはユビをのばす、
のだが、ノ、ノは好きな文字だ、「ノ!」
ダガ、見えているということヲ、ヲ（カラータイマーが点滅しているもう赤だ
そのツブツブ、wa、片仮名になることはできるが漢字にはぜったいにならないその沸き
出し口は穴ではなくて平面全体なのだろうと感じる平面膜マク、マック、ヘーメンマック、
眼球ぼくの、マクマク
ガンキューにもっとも近い平面膜が犯されていて、内面ではないこの平面膜にでも焦点が

合うなんてことがあり得るだろうかウゼエ
光学的に（腹が痛い、うんこしに行こう、東京にうんこしにいこう
幽霊が住んでいるのだろうか霊魂がそこに宿るのか詩人たちはレーコンと対話してケッコ
ンしてたくさんの予言を書いたそれは書かれていたWrittenされていたリトゥン、リトゥ
ン、トゥン（突くときの音ダコレ
そう短絡してもいい、ぼくは読んだ、もう見える無限界に沸き出してくるツブツブ砂と呼
ぶのが恐い砂になるから、砂粒、サリュウサリュウと言うとサリュウになる流れる外へ、
外、どこか、視界の外へ落ち込んでいく
業界かも知れない業界とはどこか、この大砂塵のへりか
ぼくのすぐ隣に永遠にくっつかない罅割れ大魔境があって、そこに全部が落ち込む仕組み
になっている、そうなっていないとすぐに腫れてぼくの眼球破裂沈没してしまう、という
仕組みだそれ以前にぼくは眼球破裂沈没の予感に耐えられないだろうウゼエ

57 ウエットゲイト・プリンティング

イメージの表面は傷だらけである
そしてイメージの表面はかならず二重になっている
なぜならわれわれはポジティブのみで可視化された世界を見ているのではないからだ
そこには必ず反転に失敗したネガティブがひそんでいる
やや大袈裟に言えば、われわれの目はポジティブとネガティブの間を瞬時に行ったり来たりしているのであり
視神経は常に、その往復運動の中間点で激しく痙攣している
つまり痙攣こそがパルスを生むのだ
ネガティブはオカルトではない
その存在を疑うのなら、簡単なことだ、目を瞑ってみればいい、一秒前が見えるだろう
そしてイメージの表面は二重に傷だらけであり、あらゆる傷が過去形をしている
ポジティブの傷はわれわれが傷つけた傷でありもう二度と消えることはなく傷ついたままでいるしかない

だがネガティブの傷は特種な現像技術によってある程度消すことができる
それをウエットゲイト・プリンティングと言う
柔らかい液体を通過したイメージが、光と、光の屈折角がつくる錯覚によって思いもよらぬ祝福を受けるのだ
われわれはウエット・ゲイトという光学の言葉からどんな人物像も思い描くことはできないが
要するに誰かが人知れず過去の過失の償いをしていると思えばいい
結局、われわれにとって悔やみきれないのはやはりポジティブの傷なのである
イメージの表面は傷だらけだ
誰にも消せない傷、平面の傷、平面膜の、乳剤面の傷、エマルジョンの傷、エマルジョン=乳剤面
ここに母がいる
母がいるのだ
傷だらけになって、もう二度と元通りにはならない母が

58　モジバケ

悪い空間をもう予感している、やっぱり
もう見える、やっぱり
悪い空間に入って行く気配がする
胃壁のシクシク空間、赤い、暗い赤い襞
シクシク空間にはたくさんのモジバケがいる
声を持たないモジバケたち
無音の穢れ
沈黙は穢れている沈黙は穢れているもう紙はいらない
もう紙はいらないいな
焼け焦げた紙、焼け焦げた車
処刑されるニンゲンの動画、イメージの表面を切り裂く工作ナイフ

切り裂かれた気管が何かを発している
赤いモジバケが溢れてくる
見える、表現者なんているか、究極の、神の子どもたちが踊る、割れていく割れていく
「おまえらも分裂か？」「ああおれらも分裂だ」
じゃあな、天才君
切断は可能か
切断はありえるか
時間を止めることは、ある種の病いによっては可能だウゼエ
終らない発情の、消えない記憶の、病症？
「ウゼエの人たちが嫌いになれないんです」
かつて書くことは切断の体験だった
いまや粘着
そしてもう見える

59　デモン何とか

詩人たちがデモを始めた
神田神保町を詩人の一群が練り歩いている
九段坂を上って、朕神様のところまで行進するつもりだ
理不尽な迫害に対する抗議なのだろうか
しかし詩人に対する迫害はほとんど正当なものだったのではないか
そこの君！
黙って歩けバカチン
旗を振れバフチン
その後ろを大勢の美少女たちが続く
「ドコモ」と「au」が続く
子どもと英雄が

ポエと言う
ポエポエ
みんなポエポエと呟きはじめる、呟きが伝染してくポエ、ポエポエ
ぼくらは新しいショッカーだ
ショック集団だ
ロリータエンジン炸裂
ゲロヨン降臨
ロボ合体
「そろそろオモロイことを誰かが始めないと」死ぬよ
年寄り死ね
歴史の顔するなおまえらは歴史じゃない
顔面に火をつけろ溶かせ

60　ポエる

発情期が終らない名前が知りたい職安めぐりプチブルの旅
おい聞けあほども人間はドッグフードで養成できるぞ養老できるぞ気楽にやれ
ポケモンセンター通りで虐殺料理を喰らうゼラゼラ、沙漠が笑うゼラゼラ
救世主ビデオトロンがメッセという名前の聖地でぼくを呼んでいた泡時代の欲望
あれら欲望のケチョンケチョンの果てに裸にされた言語体系が、いま保存しますか？
ほらほら電池が切れる電チンコが切れるいま保存しますか？
アジアはみんなアジャになってしまえもう見えているぞおまえら
ミエミエだ雨が降ってきたハードレインが虹を作れ保存せれおまえら
「金にならない才能」と「暗い精神」しか愛せないやつ集合
全身紙平面どこに行くか誰が連れていくか紙を丸めれば物語ができるぞ退屈だ
おまえらそうやって復讐ばかりやってろぼくは飽きたゼラゼラ

絶望も幻滅も丸められた紙に書いてある退屈だったこんな平面に何の郷愁があるか
子どもらは臍の孔に恐怖せれそこから暗黒の内臓が始まるぞユビが届く
触れユビセルフ、ユビセルフ、そしておまえらが言いたかったことを伝えれ前方に
前方しかないぞ背後は即刻死滅して行くんだぞ追い付かれるぞポエロ
さあポエロ凶暴にポエロおまえら椅子に座っている場合じゃないぞ立って焦れ
立て、立っとれ、ずっと立っとれ立ったままビンボー揺すりせれ
ピーチク&パーチクで何が悪い遠慮するな魂を低く見積もるな
ガウル！
ガウルガーッ！
本当に憎いのなら噛み殺してみれ人間が人間を噛み殺せよ
天にまします天にましますす、ましますましますましますます勝手にましとけ知るか
祈るなほざけ、ほざけほざけ適当にほざけポエロよおまえら

底本　『アストロノート』「重力」編集会議、二〇〇六年一月刊

カバー写真 | 小山泰介
Untitled (Melting Rainbows 015), 2010

松本圭二セレクション6

電波詩集（アストロノート3）

著　　者　松本圭二
発 行 者　大村　智
発 行 所　株式会社 航思社
〒113-0033 東京都文京区本郷1-25-28-201
TEL. 03 (6801) 6383 ／ FAX. 03 (3818) 1905
http://www.koshisha.co.jp
振替口座　00100-9-504724
装　　丁　前田晃伸
印刷・製本　倉敷印刷株式会社

2018年3月15日　初版第1刷発行

ISBN978-4-906738-30-4　C0392

松本圭二セレクション

朔 太 郎 賞 詩 人 の 全 貌

※隔月配本予定

第1巻（詩1）ロング・リリイフ

第2巻（詩2）詩集工都

第3巻（詩3）詩篇アマータイム

第4巻（詩4）青猫以後（アストロノート1）

第5巻（詩5）アストロノート（アストロノート2）

第6巻（詩6）電波詩集（アストロノート3）

第7巻（小説1）詩人調査

第8巻（小説2）さらばボヘミヤン

第9巻（批評・エッセイ）チビクロ（仮）